altaMar

Teatro

Bruño

Director de Ediciones y Producción
J. Ramírez del Hoyo

Jefe de Producción
J. Valdepeñas Hernández

Coordinadora de Producción
M. Morales Milla

Coordinadora Linguística
C. González Sánchez

Directora de la Colección
Trini Marull

Diseño gráfico
Tau Diseño, S.A.

Patatín, Patatán, Patatón

IX Premio «AETIJ» 1994

Juan Alfonso Gil Albors

Ilustración

Fátima García

Taller de lectura

Isabel Carril

© Editorial Bruño 1996.
Maestro Alonso, 21. 28028 Madrid.

ISBN: 84-216-2869-0
D. Legal: M.- 21114-1996
Impresión: Villena A.G.

Printed in Spain

haz tu propio fichero

Juan Alfonso Gil Albors

- Nació en Alcoy y vive en Valencia.
- Se dedica al periodismo y al teatro.
- Ha obtenido, entre otros, los premios «Valencia» de literatura, de la Diputación Provincial de Valencia, y el «Ciudad Palma», de la Diputación de Palma de Mallorca.
- En 1992 le concedieron el premio «Ciudad de Valencia», convocado por el Exmo. Ayuntamiento de esta ciudad.
- Con este libro ganó el premio «AETIJ» en 1994, otorgado a la mejor obra de Teatro Infantil.
- Actualmente ocupa el cargo de Director artístico de los Teatros de la Generalitat Valenciana.

alta mar

para ti...

*A través de esta historia vas
a conocer el verdadero valor
de la amistad. En el imaginario
reino de Zoolandia te encontrarás
con multitud de animales
del bosque: los patitos Patatín,
Patatán y Patatón, el zorro Zorrón,
el conejo Trampolín... y el melenudo
rey Leoncio I.
Al adentrarte en esta fantástica
aventura descubrirás el generoso
gesto de compañerismo del patito
Patatín y la ejemplar acción
con que le responderá su gran
amigo el conejo Trampolín.
¡Así es como se ayudan
los amigos de verdad!
Un abrazo muy fuerte.*

Personajes

El pato rojo, PATATÍN
El pato blanco, PATATÁN
El pato negro, PATATÓN
El zorro, ZORRÓN
El conejo, TRAMPOLÍN
El gato, MARRAMIAU
El león, LEONCIO I
El cerdo, CO-CHININ
El oso, MOROSO
ESCOLTAS DEL REY

NOTA.—A la duración del texto de la obra se añadirá el tiempo necesario para los desfiles del cortejo real por el patio de butacas, más el correspondiente a los diálogos que los actores mantendrán discrecionalmente con los niños espectadores. Todo ello vendrá a dar como resultado una duración aproximada coincidente con las conclusiones adoptadas en distintos congresos de la AETIJ recomendadas para obras de teatro dirigidas al público infantil.

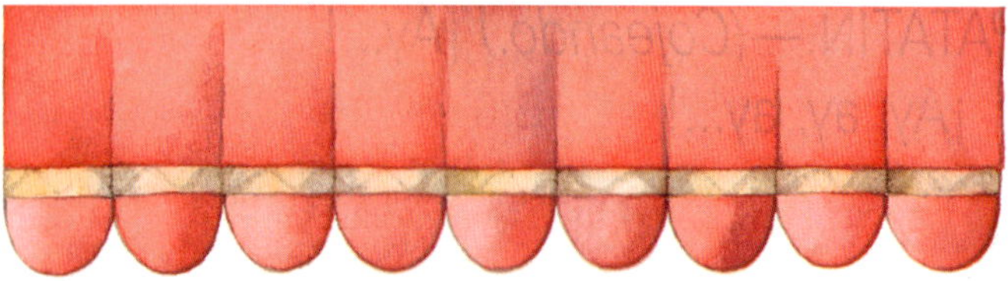

Escena primera

(Se levanta el telón y vemos el claro del bosque donde los tres hermanos patos, Patatín, Patatán y Patatón, han instalado su vivienda. Es una casa muy bonita y muy limpia. De las ramas de un árbol cercano pende una campana, y en el lateral izquierdo se ha colocado una flecha indicadora en la que se lee: «A PALACIO, UNA LEGUA»*. Por ese lado llegan Patatín y Patatón.)*

PATATÓN.—Vamos, vamos, que ya falta muy poco. *(Ayudando a su hermano.)*

PATATÍN.—*(Cojeando.)* ¡Ay...!
¡Ay, ay, ay...!

PATATÓN.—Apóyate en mí..., así;
¡y no te pares!

PATATÍN.—¡Ay, ay...!

PATATÓN.—*(Ya frente a la casa.)*
¡Ya hemos llegado! Siéntate aquí,
en esta piedra.

PATATÍN.—*(Tartamudeando.)* ¡Ay...!
¡Coco... coco... cómo me duele!

PATATÁN.—*(Que sale de la casa.)*
¡Patatín...! ¿Qué ha ocurrido,
hermanito?

PATATÓN.—Pues resulta que, cuando
íbamos por el atajo de cabras, Patatín
se ha adelantado, y al llegar al cruce
con la senda de carros...,
este insensato, este imprudente...
¡ha cruzado sin mirar, sin hacer ni caso
al semáforo, que tenía encendida
la luz roja!

PATATÁN.—¡No!

PATATÓN.—¡Sí...! ¿Y a que no sabes
quién pasaba por la senda en ese
momento? ¡Nada menos que el
buey...!, que, aunque iba

despacito, le ha pisado
sin querer
con su enorme pezuña...

PATATÁN.—¡Pues también ha sido mala pata!

PATATÍN.—Es que... es que... es que...

PATATÓN.—¡Silencio!

PATATÍN.—Yoyo... yoyo... yo no sabía...

PATATÓN.—¡Pues deberías saberlo...! ¡Todo el mundo conoce las señales de tráfico!

PATATÍN.—¿Toto... toto... todo el mundo?

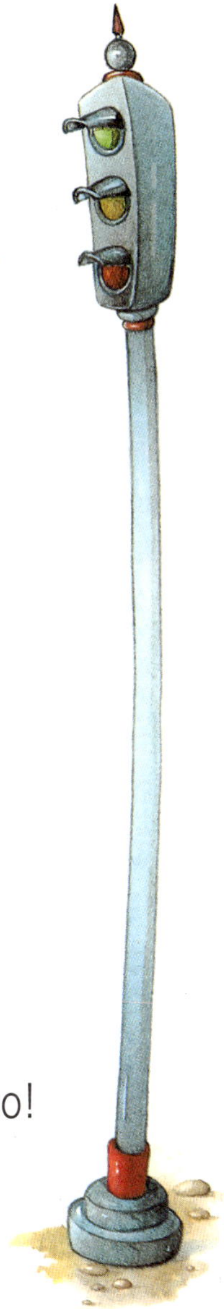

PATATÓN.—¡Todo el mundo! *(Dirigiéndose a los niños de la sala.)* Vamos a ver... ¿Se puede cruzar la calzada cuando está encendida la luz roja...? ¿Y cuando está encendida la luz verde? *(A Patatín.)* ¿Lo has oído? ¡Todos conocen las señales de tráfico! ¡Todos menos tú, que nunca te fijas...!

PATATÍN.—Es que... es que... es que...

PATATÓN.—*(Regañándole.)* ¡Y no te «atasques», Patatín! ¡Tienes que hablar bien!, ¿entiendes...? Siempre estás tartamudeando, y debes corregirte. Ahora, como castigo por tu travesura, te quedarás aquí mientras Patatán y yo vamos a bañarnos al lago. ¡Patatán, trae los bañadores y los flotadores! *(Patatán entra en la casa.)* Toma, aquí tienes estas patatas... *(Le acerca un cesto y un cuchillo.)*

Son nuestra comida para toda la semana. Cuando volvamos del lago ¡tienen que estar todas bien mondadas!

PATATÍN.—¿Toto... toto... todas?

PATATÓN.—¡Todas!

PATATÁN.—*(Regresando con los bañadores y los flotadores.)* ¡Ya estoy listo!

PATATÓN.—¡Muy bien! *(A Patatín.)* Y recuerda que debes tocar la campana si te encuentras en peligro. ¡Así podremos venir rápidamente a salvarte!

(Una vez que han salido, Patatín comienza a pelar las patatas. Entonces asoma el zorro, que está escondido detrás de un árbol. Patatín, poco a poco, se queda dormido.)

ZORRÓN.—¡Ahá..., ja, ja, ja! ¡Vaya cesto de patatas...! ¡Qué banquetazo me voy a preparar con ellas! ¡Patatas para comer y patatas para cenar durante todo el mes...! Un poco de perejil, unos dientes de ajo y... ¡humm, a la rica cazuela de patatas bravas! ¡Menuda ocasión! *(A los niños.)* ¿Qué os parece si me acerco con mucha cautela, agarro la cesta y salgo corriendo patas en polvorosa...? *(Tratando de justificarse.)*

Pero ¿no veis que tengo la barriga vacía...? Vosotros tenéis buen corazón y no querréis que me muera de hambre, ¿no? ¿O sí...? ¡Bah! ¡Nunca me comprenderíais! ¡La culpa es mía, sólo mía, por preguntaros...! ¡Ah..., y no tratéis de despertarle mientras me acerco!, ¿entendido...? ¡Ni lo intentéis siquiera...!

(Avanza a gatas hacia el cesto. Por el lado opuesto, irrumpe el conejo Trampolín. Al escuchar el alboroto de los niños, pregunta:)

TRAMPOLÍN.—Pero ¿qué os pasa...? ¿Cómo...? ¿Que el zorro pretende quitarle las patatas al pato rojo...? ¿Y qué puedo hacer yo...? ¿Despertarle...? Pero ¿cómo...? ¿Que toque la campana...? ¿Que la agite...? ¡Ah, ya...! *(La agita con fuerza, y el zorro, que está a punto de llegar a la cesta, al escucharla, del susto, se queda petrificado.)*

PATATÍN.—*(Que despierta a causa del ruido y se da de bruces con el zorro.)* ¡El zozo... el zozo... el zozozorro...! ¡Al lalala... lalala... lalaladrón...! *(Cuando el zorro, preso del pánico, logra escapar.)* ¡Meme... meme... menudo susto que meme... que meme... que me he pegado...! *(Ve al conejo junto a la campana.)* ¡Queque... queque... que qué suerte queque tocaras lala... lala... la campana!

TRAMPOLÍN.—¿Te ha parecido bien? *(Fanfarrón.)* ¡Ha sido idea mía!

PATATÍN.—¿Tutu... tututuya?

TRAMPOLÍN.—Bueno..., también un poco de mis amiguitos.

PATATÍN.—¿Queque... qué amiguitos?

TRAMPOLÍN.—*(Señalando al público.)* Esos, esos que están ahí.

PATATÍN.—*(Bajándole la mano.)* Nono... no señales; está muy feo señalar, y es de mala educación.

TRAMPOLÍN.—Vale, vale... ¿Cómo te llamas?

PATATÍN.—Pata... Pata... Patatín, ¿y tú?

TRAMPOLÍN.—Como desde ahora vas a ser mi amigo, puedes llamarme Trampolín.

PATATÍN.—¿Has dicho queque... queque... voy a ser tu amigo?

TRAMPOLÍN.—¡Claro! ¿Por qué te extraña tanto...?

PATATÍN.—*(Refiriéndose a los niños.)* ¿Y ésos también son tutu... tutu... tus amigos?

TRAMPOLÍN.—Sí, y no sé por qué te sorprende. ¿Tú no tienes amigos para jugar?

PATATÍN.—Yoyoyo... yoyo...
yo sólo juego con mimi... con mimi...
con mis hermanos Patatán y Patatón.

TRAMPOLÍN.—¿Y por qué sólo
con ellos?

PATATÍN.—Popo... popo... poporque
los demás se bubu... se bubu...
se buburlan de mí poporque tarta...
tarta... tartamudeo un poco...

TRAMPOLÍN.—¿Que tartamudeas?
¡Bah! ¿Y eso te
preocupa...?
Si quieres,
yo puedo
conseguir
que no te
«atasques».

PATATÍN.—¿Ssssí...?

TRAMPOLÍN.—¡Naturalmente! Tú me has oído hablar a mí, ¿no? Pues agárrate..., ¡yo también era un poco «tarta», como tú!

TRAMPOLÍN.—Yo diría que perfectamente.

PATATÍN.—¿Y queque... qué hiciste para coco... coco... conseguirlo?

TRAMPOLÍN.—¡Elemental, querido Patatín...! *(Saca una avellana del bolsillo.)* Sólo tuve que meterme en la boca una avellana y, al poco tiempo, ¡ya hablaba por los codos, y tan bien como Bugs Bunny! *(Entregándole la avellana.)* ¡Toma, métete esta avellana en la boca y trata de decir algo! *(Patatín le obedece.)* ¡Vamos, intenta decir alguna cosa! ¡Prueba a recitar un verso, o a entonar una canción...!

PATATÍN.—*(Muy pesimista.)* «Susu... susu... susuper... caca... cacali... lilili... fragilístico... expipi... expipi... expialidoso... *(con más convencimiento)*... es una papa... papa... papalabra de popo... popoder mama... mama... mamaravilloso... *(Ya hablando normalmente.)* Supercalifragilísticoexpialidoso... Supercalifragilísticoexpialidoso...» ¡Estoy hablando bien...! ¡Ya no me «atasco»...!

TRAMPOLÍN.—¿Lo ves? ¡No falla...!

PATATÍN.—*(Da un salto de alegría.)* ¡Ay...! *(Echándose mano a la pata.)* ¡Ay, ay, ay..., mi pata!

TRAMPOLÍN.—Pero ¿qué te ocurre ahora?

PATATÍN.—¡Ay, ay...! ¡Que estoy cojo...! ¡No puedo mover la pata! Es como si la tuviera de corcho...

TRAMPOLÍN.—Ven aquí, anda... Ahora túmbate en el suelo y haz como los futbolistas.

PATATÍN.—¿Los futbolistas?

TRAMPOLÍN.—¡Cierra el pico y estira las patas de una vez...! *(Patatín lo hace.)* Así...

No las dobles... *(Lo levanta lentamente, cogiéndolo por las axilas.)*
¡Ya está!

PATATÍN.—¡Es verdad, ya no me duele!
¡Eres único, Trampolín...!
(Después de dar dos pasos.)
¿Puedo quedarme con la avellana?

TRAMPOLÍN.—Vale, pero no la pierdas, porque sólo queda un árbol con avellanas en todo el bosque.
El tragón del zorro se ha zampado todas las demás, y aún falta mucho para que los avellanos vuelvan a dar fruto.

PATATÍN.—Me libras de Zorrón,
logras que hable de un tirón
y me curas la patita, que me
dolía un montón...
¡Eres genial, Trampolín!
¡Un conejo entre un millón!

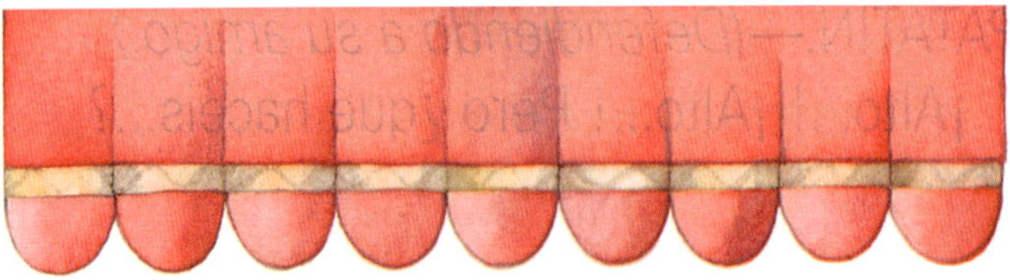

Escena segunda

(Armados con una escoba y un sacudidor, Patatán y Patatón irrumpen en escena.)

PATATÓN.—¡A por él!

PATATÁN.—¡Duro con ese conejo!

PATATÓN.—¡Que no escape!

(Dan dos vueltas al escenario persiguiendo al asustado Trampolín hasta que Patatín consigue interponerse entre ellos.)

PATATÍN.—*(Defendiendo a su amigo.)* ¡Alto...! ¡Alto...! Pero ¿qué hacéis...?

PATATÓN.—¿Es que no lo ves? ¡Te estamos defendiendo!

PATATÍN.—¿Os habéis vuelto locos o qué? *(Trampolín se ha escondido detrás de él.)*

PATATÁN.—¡Pero si en cuanto has tocado la campana pidiendo socorro...!

PATATÓN.—¡... hemos venido corriendo!

PATATÍN.—¿Pues sabéis lo que os digo? ¡Que a buenas horas, mangas verdes! ¡Sois más lentos que el caballo del malo! Ya hace mucho que pasó el peligro... ¡Menos mal que Trampolín salvó nuestras patatas! Zorrón quería birlárnoslas, pero, gracias a mi amigo, ¡salió pitando con el rabo «entrepatas»!

PATATÓN.—*(Reparando en la forma de hablar de Patatín.)* ¡Eh, un momento...! Vuelve a decir... «entrepatas»...

PATATÍN.—*(Ufano.)* «Entrepatas.»

PATATÁN.—*(Asombrado.)* Pero... ¿qué ha pasado aquí?

PATATÓN.—*(Perplejo.)* ¡Ya no te «atascas»! ¡Has dicho «entrepatas»!

PATATÍN.—Pues sí, lo he dicho... Y gracias a mi amigo Trampolín, de ahora en adelante diré cosas mucho más difíciles. Escuchad... escuchad: «Por el camino de las carrascas paseaba un perrito, pasó una carreta y le pisó el rabito; ¡pobre perrito...!, ¡cómo lloraba por su rabito...!».

PATATÓN.—¡No puedo creerlo!

(En la lejanía suenan trompetas y tambores.)

TRAMPOLÍN.—¡Oh, las trompetas reales!

PATATÁN.—¡El rey se acerca!

PATATÍN.—*(Asomándose al lateral.)* ¡Es el rey del bosque! ¡Aquí viene...!

(Entra el gato Marramiau, cubierto con un casco de guerra y ciñendo una espada de madera. Da dos toques con su corneta de alguacil. A su alrededor se congregan Patatín, Patatán, Patatón y Trampolín. Poco después llegan el cerdo Co-Chinín y el oso Moroso. También acude Zorrón, que se queda escondido detrás de unos arbustos.)

MARRAMIAU.—*(En tono de pregón.)* ¡Pueblo de Zoolangia...! ¡Acudid a mi llamada...! ¡Venid a rendir pleitesía a su alteza real Leoncio I, rey del bosque, de la sábana y la manta; señor del desierto; dueño de ríos y montañas; majísimo señor de la estepa y de la estopa; rey de los valles y las vallas; serenísimo entre los serenos y comilón entre los comilones; melenudo entre los melenudos y rugidor entre los rugidores...!

¡Pueblo de Zoolangia, congregaos
alrededor del rey de reyes, que viene
a honraros con su presencia!
(Vuelve a tocar su corneta.)

*(Leoncio I llega majestuosamente,
escoltado por sus guerreros.)*

LEONCIO I.—¡Querido pueblo...!
¡Amados zoolandeses...!
Dentro de breves fechas
mi hija bienamada,
la princesa Leontina,
va a contraer matrimonio,
y necesito una banda de música para
amenizar la fiesta de la boda.
Es preciso elegir entre todos
vosotros a los músicos que mejor
sepan tocar los instrumentos
que hay en palacio, así que...
Marramiau, mi maestro
de ceremonias, probará ahora
mismo vuestras aptitudes.

MARRAMIAU.—*(Saludando al rey.)* Majestad, con vuestra venia... *(Ahora al pueblo.)* Escuchadme: A ver..., ¿quién de vosotros imita mejor el trombón?

PATATÍN.—*(Adelantándose decidido.)* ¡Yo! *(De pronto se lleva las manos a la garganta y luego al estómago.)*

MARRAMIAU.—¡Muy bien!, escuchemos al pato rojo. *(A Patatín.)* ¿Querrías deleitarnos con tu imitación del trombón? *(Como Patatín permanece callado.)* ¡Vamos, «presto»...!

PATATÍN.—*(Haciendo esfuerzos por hablar.)* ¡Bbbbbb...! ¡Bbbb...!

TRAMPOLÍN.—*(Aparte, a Patatín.)* Pero ¿qué te ocurre...?

PATATÍN.—*(También aparte.)* Es que... es que... es que...

TRAMPOLÍN.—¿Otra vez... «tartaja»?

PATATÍN.—Es que... es que... es que meme... meme he tratra... tragado la ave... la avellana.

MARRAMIAU.—Como el pato rojo no dice ni pío, ¡escuchemos al pato negro!

PATATÓN.—*(Imitando el sonido del trombón.)* ¡Bom, bom! ¡Bom, bom!

MARRAMIAU.—¡Muy bien! Tú serás el trombón. *(De nuevo a Patatín.)* ¡Eh, tú...! ¿Qué tal se te da la trompeta?

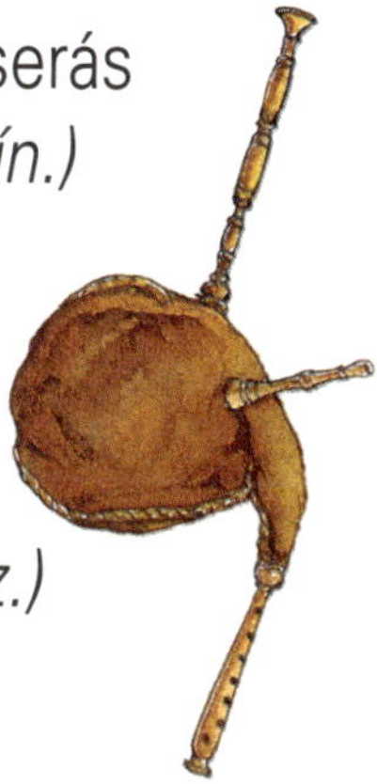

PATATÍN.—*(Intentándolo otra vez.)* Tttt... tttt... tttt...

MARRAMIAU.—¡Muy mal! ¡Pero que muy mal...! Tú, el pato blanco... ¡Te escuchamos!

PATATÁN.—*(Simulando el sonido de la trompeta.)* ¡Tararí, tararí! ¡Tararí, tararí!

MARRAMIAU.—¡Exacto! ¡Perfecto! Y ahora, vamos con el saxofón. *(Dirigiéndose otra vez a Patatín.)* ¿Quieres intentarlo de nuevo?

PATATÍN.—*(Tampoco le sale.)* ¡Bubbbbb, bubbbbb...! ¡Bubbbbb, bubbbbb...!

MARRAMIAU.—¡Oh, qué horror...! ¡No sigas, por favor!

TRAMPOLÍN.—*(Avanza unos pasos.)* ¡Yo lo haré, señor maestro!

MARRAMIAU.—¡Adelante, prueba...!

TRAMPOLÍN.—*(Imitando el saxofón.)* ¡Burububú, burububú! ¡Burububú, burububú!

MARRAMIAU.—¡Excelente! *(Otra vez a Patatín.)* ¿Sabrías imitar el sonido cantarín de la flauta?

PATATÍN.—*(Sin salirle.)* Pip... pip... pip...

MARRAMIAU.—¡«Horreur»! ¡«Horreur»! ¡Que lo intente el cerdo Co-Chinín...!

CO-CHININ.—*(Imitando el sonido de la flauta.)* ¡Piripí, piripí! ¡Piripí, piripí!

MARRAMIAU.—*(Entusiasmado.)*
¡Chiripitifláutico!
¡Recontrachiripitifláutico!
¡Oh, nadie lo habría hecho mejor!
¡Y ahora, la gaita...!
¡Te toca a ti, oso Moroso!

MOROSO.—*(Muy seguro.)* ¡Chiri, chirimí! ¡Chiri, chirimí! ¡Chiri, chirimí!

MARRAMIAU.—¡Bravo! ¡Jamás oí una gaita con semejantes «chirimís»! ...Y, finalmente, escuchemos cómo suena el tambor... *(Avanza hasta Patatín y se queda mirándolo fijamente.)* ¡«Presto»...!

PATATÍN.—*(Con un hilo de voz.)* ¡Rat... rat... rat... rataplán! ¡Rat... rat... rataplán!

MARRAMIAU.—¡Basta! ¡Basta! ¡Detente antes de que lo estropees aún más...! ¡Qué remedio: tú serás el tambor! *(Al rey.)* Majestad, la banda ya está formada. ¡Ahí tenéis a vuestros músicos!

LEONCIO I.—Gracias, mi buen maestro... Gracias a todos, mis súbditos y vasallos... Ya sabéis que podéis recoger vuestros instrumentos en palacio. Venid por ellos cuanto

antes... ¡Ah, se me olvidaba...!
Un detalle sin importancia,
mis queridos zoolandeses:
como habrá que amasar mucho
pan para los invitados a la boda,
cada instrumento os costará
un saquito de trigo.
Por el bien del reino...
y también por el vuestro,
no dejéis de traerlos.

MARRAMIAU.—*(Toca su corneta.)*
¡Súbditos y vasallos! ¡Pueblo
de Zoolangia! ¡Paso a su majestad
el rey Leoncio I!

*(Marramiau inicia el mutis
por el pasillo central, seguido
por el rey y su escolta.)*

PATATÓN.—*(Mientras todos agitan
sus pañuelos de colores.)*
¡Viva nuestro rey...!

TRAMPOLÍN.—¡Viva Leoncio I!

PATATÁN.—¡Viva nuestra princesa Leontina!

(El cortejo abandona la sala.)

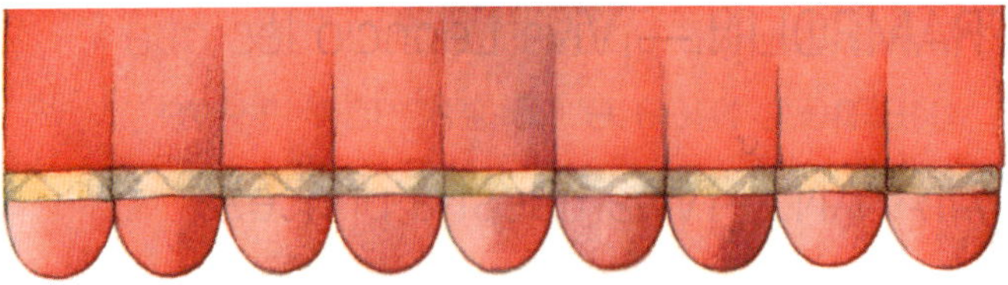

Escena tercera

PATATÓN.—Que cada cual llene su saquito de trigo y regrese rápidamente a este lugar. ¡Vamos, vamos! *(Salen Co-Chinín y Moroso, cada uno por su lado.)* Y tú, Patatín, prepara nuestros tres saquitos de trigo.

PATATÍN.—¿Y dododo... dododo... dodododónde están?

PATATÓN.—¿Dónde van a estar? ¡Pues dentro de casa! ¿Y qué...? ¿Ya vuelves a tartajear?

PATATÍN.—Es que... es que... es que meme... meme he tragado la ave... la avellana...

PATATÁN.—¡Debiste tener cuidado!

PATATÓN.—¡Y no ser tan atolondrado!

PATATÍN.—Yoyo... yoyo... nono... no quequería...

PATATÁN.—¡Lo que pasa es que eres muy «patoso»!

PATATÓN.—¡Más que «patoso»..., «patosón»! Anda, trae los saquitos de una vez.

TRAMPOLÍN.—*(Cuando Patatín ha entrado en la casa.)* No deberíais reñir tanto a vuestro hermano. Quería imitar tan bien el sonido del trombón que... ¡glup!, se tragó la avellana.

PATATÁN.—Es una lástima... ¡Con lo bien que hablaba!

PATATÓN.—Sí, pero ya le has oído ahora...

TRAMPOLÍN.—No os preocupéis. Si buscamos en el bosque, seguro que podremos encontrar el avellano que aún no ha descubierto Zorrón. Ese árbol no puede estar muy lejos.

PATATÍN.—*(Que regresa con los saquitos.)* ¡Yayayayaya... yayaya... yaya están aquí!

PATATÓN.—Déjalos junto a la puerta. ¡Ahora tenemos que buscar el avellano!

PATATÍN.—*(Tras obedecer a su hermano.)* ¿Y lolo... lolo... lo encontraremos?

TRAMPOLÍN.—¡Seguro que sí! Cada uno buscará por un lado del bosque...

(Mutis de los cuatro. Por el lateral opuesto llega Zorrón, muy triste y desolado.)

ZORRÓN.—¡Ay, qué desgraciadito soy...! ¡Yo nunca tendré un instrumento...! ¡Brrr..., qué rabia! Todos tocarán su instrumento mientras yo me remuerdo el hocico, muerto de envidia. ¡Ojalá tuviera un saquito de trigo! Pero ¿dónde podría encontrarlo...? *Sin advertirlo, (se ha sentado sobre un saquito.)* ¡Ojalá pudiera coger uno con sólo alargar la pata! *(Ha apoyado su pata en uno de los sacos y..., de pronto, ve los saquitos.)* Pero... ¿qué veo...?

¡Un saco de trigo...! ¡¡Dos sacos de trigo...!! ¡¡¡Tres sacos de trigo...!!! ¡Menuda suerte! ¡Soy el zorro con más chiripa de todo el bosque!

Iré a palacio y cambiaré los tres sacos por tres instrumentos... ¡Y todo gracias a esos tres «patanes»! ¡Ja, ja..., se van a quedar «patitiesos»! Ahora, si quieren música... ¡tendrán que silbar!
Pero... ¡no hay tiempo que perder!
¡Tengo que esfumarme con el trigo antes de que regresen!

(Toma los saquitos e inicia el mutis por la izquierda.)

PATATÓN.—*(Llamando desde fuera del escenario.)* ¡Patatán! ¡Patatín!

ZORRÓN.—¡Hummmm! Parece que alguien se acerca por este lado... ¡Escaparé por el otro!

(Cuando va a salir por el lado opuesto...)

PATATÁN.—*(También llamando desde fuera del escenario.)* ¡Patatón! ¡Patatín!

(Éstos acuden a la llamada.)

ZORRÓN.—*(Deteniéndose.)* ¡Qué «mala pata»! ¡También se acercan por aquí...!

ZORRÓN.—¡Ya tengo la solución! ¡Me haré el dormido y, cuando pasen de largo, escaparé con los saquitos...!

(Cubriendo los sacos con su cuerpo, se tumba en el suelo haciéndose el dormido. Sin advertir la presencia de Zorrón, los hermanos se reúnen en el centro de la escena.)

PATATÓN.—No he podido encontrar el avellano...

PATATÁN.—Yo tampoco..., ¡y me he «pateado» medio bosque!

PATATÍN.—Trampolín, que es listísimo, lo descubrió.

PATATÓN.—¿Y dónde está?

PATATÍN.—El avellano está junto al encinar, cubierto por unos rosales.

PATATÓN.—*(Con admiración.)* ¡Patatín! ¿Te das cuenta de que estás hablando muy bien?

PATATÁN.—¡Es verdad!

PATATÓN.—A ver..., ¡di algo difícil!

PATATÍN.—¿Difícil...? ¡Vale! ¡«Renabucodonosor»!

PATATÁN.—¡Olé!

PATATÓN.—¡Vale, vale!, dejémonos de pruebas y vamos a recoger los saquitos. *(Al volverse, se encuentra con Zorrón, que finge estar dormido.)* ¡Eh, mirad!

PATATÁN.—*(Al descubrirlo.)* ¡Pero si es Zorrón!

PATATÓN.—¡Pssssss, hablad bajito...! Parece que está dormido...

PATATÁN.—Sí; será mejor no despertarle.

PATATÍN.—Pero los saquitos están ahí; justo donde duerme Zorrón. ¡Un momento! Esperad... ¿Y si no está dormido de verdad...? ¿Y si sólo trata de engañarnos...?

PATATÁN.—¡Tienes razón!

PATATÓN.—Pero ¿cómo podemos saberlo?

PATATÍN.—Muy fácil: ¡le haremos una prueba zorruna! *(Les entrega la escoba, el sacudidor y una sartén. Se adelanta y dice en voz alta:)* Vaya, vaya..., mirad quién está ahí: ¡nuestro buen amigo Zorrón...! Fijaos: duerme como un angelito. Aunque..., ¿no estará tratando de engañarnos...? ¡Vamos a comprobarlo! Mi amigo el búho me dijo una vez que los zorros pegan unos ronquidos tremendos cuando duermen... *(El zorro, al oírle, ronca con energía.)* ... Y el búho también me dijo que los zorros suben y bajan la pata derecha cuando están dormidos... *(El zorro comienza a subir y bajar rápidamente la pata izquierda.)* ... ¡El búho dijo que era la pata derecha, y no la izquierda! *(Zorrón corrige rápidamente y cambia de pata.)* ... Y también me dijo que todos los zorros... ¡son unos farsantes...!

(Los tres se abalanzan sobre Zorrón para zurrarle de lo lindo.)

(El zorro tiene que escapar, abandonando los saquitos en su huida. De pronto, fuera se escucha la corneta de Marramiau.)

PATATÍN.—*(Asomándose al lateral.)* ¡Es Marramiau, que viene hacia aquí...!

(Entra Marramiau, que hace sonar de nuevo su corneta. A su llamada acuden Co-Chinín y Moroso.)

MARRAMIAU.—¡Pueblo de Zoolangia! Su alteza real el rey de reyes Leoncio I me envía para que os sirva de guía hasta palacio. Recoged vuestro trigo y partamos cuanto antes. ¡Pueblo de Zoolangia, adelante...!

(Tras unos nuevos toques de corneta, todos salen del escenario siguiendo a Marramiau, que, al son de una marcha, abandona la sala por el pasillo central. Cae el telón para proceder al cambio de decorado.)

Escena cuarta

(Se levanta el telón y vemos otro claro del bosque, donde se encuentra la madriguera de Trampolín. Un cartel indica: «A PALACIO, MEDIA LEGUA.» Es de noche y el conejo está sentado a la puerta de su escondite, llenando su saquito de trigo.)

TRAMPOLÍN.—¡Qué pronto se ha hecho de noche! *(Acaba de llenar el saco.)* ¡Qué oscuro está todo! *(Ata la boca del saco.)* ¡Creo que está a punto de entrarme el mieditis...! Aunque..., ¿verdad que no hay que ser miedosos?

¿A que no? ¡Pues claro! ¡Tengo que ser valiente! *(Cambiando de tono y sin poder evitar que el miedo le vaya embargando.)* Pero..., por ahí..., por ahí veo unos bultos negros... Y me parece que..., por ese otro lado, hay unas... unas sombras que se mueven... *(Reponiéndose.)* ¡Pero cuando uno tiene miedo, debe ser valiente! *(Se mete en la madriguera.)*

ZORRÓN.—*(Que asoma la cabeza por detrás de un árbol.)* ¿Habéis oído? Me ha parecido escuchar bien... Ha dicho que tiene miedo, ¿verdad? ¡Así que lo ha dicho! ¡Ju, ju, ju..., vaya un conejo cagueta! *(Cambiando de tono.)*

¡Menuda ocasión! ¡Ahora verá lo que es bueno! *(Saca una sábana del zurrón y se la pone por encima, convirtiéndose en un verdadero fantasma. Trampolín sale de la madriguera con un farol encendido y un bastón, y se dirige a inspeccionar los arbustos. Mientras Zorrón, debajo de la sábana, en actitud amenazante, se convierte en la sombra de Trampolín, el cual no advierte su presencia.)*

TRAMPOLÍN.—Nadie por aquí..., nadie por acá..., y nadie por allá.

(Se produce un juego escénico cuando Trampolín intuye que alguien le sigue, se detiene atemorizado y, a la vez, lo hace Zorrón; luego sigue avanzando y el zorro le imita, hasta que Trampolín se vuelve de pronto, dándose de narices con el fantasma.)

TRAMPOLÍN.—¡Ahhhh! ¡Un fantasma! ¡Un fantasma! ¡Ay, ay, ay, mamaíta...! ¡Un fantasma de verdad! *(Trampolín escapa.)*

ZORRÓN.—*(Despojándose de la sábana y guardándola en su zurrón.)* ¡Ja, ja, ja! ¡Ese cagueta me ha tomado por un fantasma! ¡Así aprenderá...! Y se ha dejado aquí su trigo... ¡Ajá..., con este saquito, el rey me dará un instrumento! *(Cogiendo el saquito.)* ¡Adiós, amiguito!

¡Y que sigas tan «valiente» como ahora...! ¡Ja, ja, ja! ¡Ja, ja, ja!

(Cuando el zorro desaparece, regresa Trampolín, sin haberse recuperado aún del susto. Ve que su trigo ha desaparecido.)

TRAMPOLÍN.—¡Mi trigo! ¡Me lo han birlado! ¡Ha sido el zorro! ¿Y qué voy a hacer ahora? *(Solloza.)* Ya no tendré saxofón... ¡Ay, qué desgraciadito soy, pero qué desgraciadito...!

(Mientras llora desconsoladamente, la corneta de Marramiau se escucha cada vez más cerca. Finalmente llega Marramiau y, en fila detrás de él, Patatón, Patatán, Patatín, Co-Chinín y Moroso cruzan la escena para salir por el lado opuesto. Tras el mutis de los tres primeros, Patatín descubre a su amigo.)

PATATÍN.—¡Deteneos! Es Trampolín,
y está llorando... ¡Vamos a ver
qué le ocurre! Trampolín,
¿por qué lloras?

TRAMPOLÍN.—¡El zorro me
ha robado
el trigo que debía
llevar al rey!

PATATÍN.—Pero ¿viste cómo
te lo robaba?

TRAMPOLÍN.—No, no pude
verlo porque se disfrazó
de fantasma.

CO-CHINÍN.—¿De fantasma?

PATATÍN.—¿Estás seguro?
¿Y si no era él...?

TRAMPOLÍN.—¡Pues claro que era él!
¿Quién iba a ser si no...?
Ahora me quedaré sin saxofón...

CO-CHINÍN.—No sabes cuánto lo sentimos...

TRAMPOLÍN.—¡Ya no seré músico!

MOROSO.—¡Qué desgracia! De verdad que lo sentimos mucho, pero no podemos hacer nada por ti...

PATATÍN.—¡Pobre Trampolín!

CO-CHINÍN.—Marramiau se está alejando. Ya casi no se oye su corneta...

MOROSO.—Vámonos ya. Si no, no llegaremos a tiempo a palacio.

CO-CHINÍN.—Sí, hay que darse prisa.

(Sale Moroso y tras él Co-Chinín. El conejo queda llorando. Regresan Moroso y Co-Chinín.)

MOROSO.—Patatín, ¿por qué no vienes?

PATATÍN.—Es que... ¡Trampolín es mi amigo! Id vosotros; yo me quedo con él.

CO-CHINÍN.—Está bien...

MOROSO.—Como quieras...

CO-CHINÍN.—¡Vamos! *(Sale acompañando a Moroso.)*

PATATÍN.—*(A los niños.)* Trampolín es mi amigo..., ¿y verdad que no está bien que lo deje solo? Él salvó mis patatas, consiguió que hablara de un tirón y me curó la pata. ¿Cómo voy a abandonarle ahora...? *(Se acerca a él.)* Trampolín...

TRAMPOLÍN.—¿Qué haces aquí todavía? Si te retrasas no podrás encontrarlos...

PATATÍN.—No me importa.

TRAMPOLÍN.—¿Que no te importa?

PATATÍN.—Ni pizca.

TRAMPOLÍN.—¡No digas tonterías y vete ahora mismo con ellos!

PATATÍN.—¿Pero estás sorderas, o qué? A mí me importa un pito esa banda de música... ¡Menudo rollo tiene que ser! Eres tú el que debe correr para alcanzarlos.

TRAMPOLÍN.—¿Yo...? ¡Pero si ya no tengo trigo! Me lo robó el zorro.

PATATÍN.—¿Y por eso te preocupas...? Yo te daré mi saquito. La verdad es que nunca quise ser músico, y cuando Marramiau hizo las pruebas procuré hacerlo fatal adrede, para que así no me eligiera.

TRAMPOLÍN.—¿Quieres decir...
que lo hiciste mal a propósito?

PATATÍN.—¡Pues claro! A mí,
todo eso de la música siempre
me ha importado un rábano.
(Dándole su saquito.)
Toma mi trigo
y corre a buscar tu saxofón...

TRAMPOLÍN.—Pero... ¿y tu tambor?

PATATÍN.—¡Pero qué tambor
ni qué ocho cuartos! ¿Es que
de verdad pensabas que iba a tocarlo?
¡Ja..., ni hablar del peluquín!

TRAMPOLÍN.—*(Dudando.)* No sé
si creerte...

PATATÍN.—Anda, ¡déjate de pamplinas
y corre! Con esas patas tan ligeras

que tenéis los conejos,
los alcanzarás enseguida.

TRAMPOLÍN.—*(Casi convencido.)*
¿Lo dices de verdad?
¿No te quedas triste?

PATATÍN.—¿Triste yo? ¡Mira como me río...! *(Sin mucho convencimiento.)* ¡Ja, ja, ja...! ¡Corre y no pierdas más tiempo!

TRAMPOLÍN.—¡Gracias, muchísimas gracias, Patatín! ¡Nunca olvidaré lo que has hecho por mí! *(Lo abraza.)*

PATATÍN.—¡Adiós, Trampolín!

(Cuando sale el conejo, Patatín se sienta ante la madriguera y rompe a llorar muy compungido hasta que, poco a poco, se duerme.)

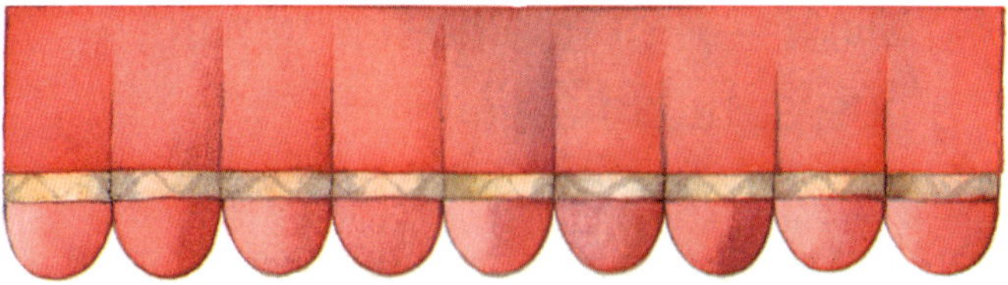

Escena quinta

(Lentamente, la luz del alba da paso a una mañana deslumbrante. Llegan Patatón, Patatán, Co-Chinín y Moroso, que entran tocando sus instrumentos. Patatón descubre a Patatín tumbado en el suelo.)

PATATÓN.—¡Eh, despierta, bello durmiente! ¿Qué haces ahí, roncando como un lirón?

PATATÍN.—*(Despertando.)* Pero... ¿qué pasa...?

PATATÁN.—¿Por qué no has venido a buscar tu tambor?

PATATÍN.—Es que... no me apetecía tocar.

CO-CHINÍN.—¡Pero no podemos formar una banda sin tambor!

ZORRÓN.—*(Que aparece tocando el tambor.)* ¡Yo soy el tambor!

PATATÓN.—¡No! Pero si es... es...

PATATÁN.—¡... Zorrón!

ZORRÓN.—¡Escuchad, escuchad...! *(Redobla.)* ¿Acaso hay quien redoble mejor que yo? *(Redobla.)* ¡Je, je..., me parece que por aquí hay alguien que se está muriendo de envidia! *(Redobla.)*

PATATÁN.—¿Cómo conseguiste ese tambor?

ZORRÓN.—¿Cómo...? ¡Mi buen trigo me costó! *(Redobla.)* ¡Escuchad! *(Redobla.)* ¡Escuchad...! *(Sigue redoblando.)*

CO-CHININ.—*(Que oye la trompetería real.)* ¡Es el rey! ¡El rey se acerca...!

MOROSO.—*(Las trompetas suenan cada vez más cerca.)* ¡Saludad a su majestad!

(El primero en entrar, como siempre, es Marramiau.)

MARRAMIAU.—¡Paso a su alteza real Leoncio I de Zoolangia! ¡Paso al rey de la sábana, la manta y el bosque!

(Poco después entra Leoncio I, y, con él, su escolta.)

LEONCIO I.—*(Majestuoso.)* ¡Queridos zoolandeses! Habéis de saber que a uno de vosotros le he entregado su instrumento a cambio de... ¡un saco de trigo robado! *(Al conejo, que aparece por detrás del rey.)* Repite lo que me dijiste en palacio.

TRAMPOLÍN.—¿Empiezo ya...?

LEONCIO I.—¡Empieza...!

TRAMPOLÍN.—La pasada noche, cuando yo acababa de llenar mi saquito de trigo para llevárselo al rey, algún desaprensivo se vistió de fantasma para asustarme, ¡y vaya si lo consiguió...! Cuando salí corriendo de allí, muerto de miedo, el muy tramposo escapó llevándose mi trigo.
Eso es todo, majestad.

LEONCIO I.—Así pues, amado pueblo, lo que hemos de averiguar ahora es quién era ese fantasmón de tres al cuarto...

TRAMPOLÍN.—Mi rey..., permitidme recordaros que debo hacer otra denuncia.

LEONCIO I.—¿Otra denuncia, dices?

TRAMPOLÍN.—Sí, ¿no recordáis...?

LEONCIO I.—¡Ah, sí, sí...! ¡Se me había olvidado! Tengo tantas cosas en la cabeza, aparte de mi real melena...

TRAMPOLÍN.—Denuncio ante mi rey y señor que alguien está zampándose todas las avellanas del bosque sin vuestro permiso...

LEONCIO I.—*(Fingiendo.)* ¿Y no sabrás tú quién es ese desvergonzado...?

TRAMPOLÍN.—Sí, majestad. El nombre de ese bribón no es otro que... ¡Zorrón!

LEONCIO I.—¿El zorro?

ZORRÓN.—¿Quién? ¿Yo?

TRAMPOLÍN.—¡Sí, tú!

ZORRÓN.—¡Mi generoso rey, os juro que yo no he sido! ¡Yo jamás he robado avellanas...! ¡Yo soy vuestro más leal súbdito, el más avasallado de vuestros vasallos...! Además, ¡yo pago mis impuestos! ¡Os di mi trigo! *(A Trampolín.)* ¡Muy bien, dentón acusica! ¿Cómo vas a demostrar lo que estás diciendo?

LEONCIO I.—*(Al conejo.)* ¿Podrás hacerlo?

TRAMPOLÍN.—¡Cómo no...! ¡Es muy fácil, majestad! ¡Que Zorrón enseñe ahora mismo lo que esconde en su zurrón...! ¡Seguro que está llenito de avellanas!

ZORRÓN.—¿Avellanas en mi zurrón...? ¿Pero qué estás diciendo, zanahorión?

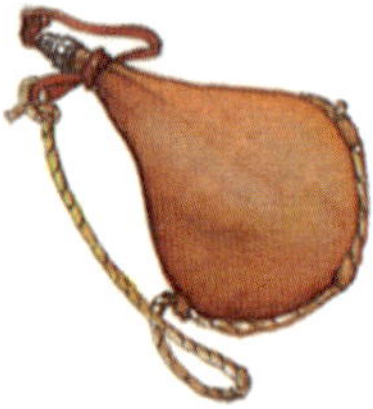

TRAMPOLÍN.—*(Al rey.)* ¡Que lo vacíe ante vos

ZORRÓN.—¿Pero quién te has creído que eres, orejón, para obligarme a vaciar el zurrón?

LEONCIO I.—*(Cortándole.)* ¡Hazlo! ¡Vacíalo ahora mismo, he dicho!

ZORRÓN.—*(Entre gruñidos abre su zurrón.)* ¡Brrr, ahora verás, conejo bocazas...! *(Comienza a sacar cosas.)* ¡Mirad, mirad todos! *(Mostrando lo que*

saca.) ¡Un mendrugo de pan! ¡Una bota de vino! ¡Dos piñas! ¡Unas plumas de gallina! ¡Una sábana de fantasma...! *(Dándose cuenta de lo que acaba de decir.)* Estooo..., ¡no, no...!, quería decir...

TRAMPOLÍN.—¡Querías decir lo que has dicho: una sábana de fantasma! *(Acusador.)* ¡Ha caído en la trampa, majestad! Ya os lo dije: ¡este truco nunca falla! ¡Se ha delatado él solito! ¡Fue él, y nada más que él, el fantasmón que me robó el trigo!

ZORRÓN.—*(Mordiéndose las uñas con rabia.)* ¡Mecachis! ¡Me ha pillado...!

(Patatón, Patatán, Trampolín, Co-Chinín y Moroso dan vueltas alrededor del zorro gritándole: «¡Fantasmón... Fantasmón... Fantasmón... Fantasmón...!»)

LEONCIO I.—¡Basta! ¡Ya está bien!
A ti, Zorrón, por tu mal comportamiento
y por el poder que me confiere el ser
tu rey y señor, te destierro lejos
de este bosque. ¡Recoge tus cosas
y sal inmediatamente de mi reino!

(El zorro vuelve a llenar su zurrón y, con el tambor en bandolera, abandona el escenario por el pasillo central, acompañado del abucheo general de los niños y los personajes.)

LEONCIO I.—¡Está bien! ¡Está bien...!
Creo que hemos llegado al momento
de formar nuestra banda real!

MARRAMIAU.—¡Deprisa, todos a formar!
¡En fila de a dos!

(Forman todos a excepción de Patatín, que se ha quedado muy triste en un rincón.)

(Repasando.) ¡Vamos a pasar revista...! Veamos: trombón, trompeta, saxofón, flauta, gaita y... tambor. ¿Dónde se ha metido el tambor?

TRAMPOLÍN.—No tenemos. Se lo ha llevado el zorro.

LEONCIO I.—¡Rayos y truenos! ¡Aguardad un instante! Quiero hacer una pregunta: ¿a quién de vosotros se le asignó el tambor?

CO-CHININ.—A Patatín.

LEONCIO I.—¿Y quién es Patatín?

TRAMPOLÍN.—Aquel pato rojo de allá.

LEONCIO I.—¿Y cómo se atreve a desobedecer mis mandatos? ¿Por qué no se ha colocado en la fila? ¡Esto es un desacato!

TRAMPOLÍN.—Debéis perdonarle, señor.

LEONCIO I.—¿Y por qué habría de hacerlo?

TRAMPOLÍN.—Porque él fue quien, como hacen los amigos de verdad, al saber que me habían robado me dio su trigo para que yo pudiera conseguir mi saxofón.

LEONCIO I.—Deseo que me lo cuente él mismo. *(A Patatín.)* Dime, ¿por qué renunciaste a tu tambor?

PATATÍN.—Es que... no estaba muy seguro de saber tocarlo... Yo lo hago todo muy mal... ¡Soy un pato tan patoso...! Tengo alas, pero no vuelo como el águila; tengo patas, pero no corro como el ratón; puedo cruzar las aguas, pero no nado como la trucha...

LEONCIO I.—Advierto con gran placer que eres muy humilde..., pero al escucharte compruebo cuán equivocado estás, y podría argumentarte: ¿No es cierto que nadas mejor que el águila...? ¿No es verdad que atraviesas el campo más rápido que la trucha...? ¿Y dudas, acaso, de poder volar más alto que el ratón...?

TRAMPOLÍN.—Majestad...

LEONCIO I.—Te escucho, avispado conejo.

TRAMPOLÍN.—Antes dijisteis que me entregaríais una recompensa. ¿Pensáis cumplir vuestra palabra?

LEONCIO I.—¿Cómo osas dudarlo? ¡Palabra de rey es... palabra de rey!

TRAMPOLÍN.—Entonces aguardad un instante, por favor...

(Se reúne en secreto con sus amigos, y después de llegar a un acuerdo con ellos, se aproxima al rey para decirle algo al oído.)

LEONCIO I.—*(Cuando lo ha escuchado.)* ¡Ajajá...! ¡Sabia decisión! ¡Sí, señor, muy sabia! Formad todos la banda. Y tú, Trampolín, trae aquí a tu amigo. *(Trampolín lleva a Patatín ante el rey.)* Está bien. *(A Patatín.)* Tu modestia te ha hecho decir hace apenas un instante que valías muy poco. Pero, al parecer, después de conocer tu hermoso gesto de bondad, tus amigos no están de acuerdo contigo. ¡Marramiau, dame la batuta! *(Éste se la da y el rey anuncia solemnemente:)* Como premio a tu noble acción tus amigos han decidido ofrecerte esta batuta de oro y nombrarte para el puesto más importante de la banda... ¡Desde ahora, y para siempre jamás, Patatín será vuestro director de orquesta!

PATATÍN.—¿Quién? ¿Yo?

TRAMPOLÍN.—*(Dándole una fuerte palmada en la espalda, en plan de camaradería.)* Sí, ¡¡tú!!

PATATÍN.—*(Llevándose las manos a la garganta.)* ¡Glu, glu, glu...! *(Ahora, perplejo, se las lleva a la barriga.)* ¡Oh..., no!

TRAMPOLÍN.—*(No queriendo adivinar.)* ¡¡No...!!

PATATÓN.—¡No puede ser...!

PATATÁN.—¡No es posible...!

PATATÍN.—¡Sí que es popo... popo... poposible!

LEONCIO I.—¿Se puede saber de una vez lo que ocurre?

PATATÍN.—*(Que vuelve a tartamudear.)* Es que... es que... es que meme... meme he tragado lalala... lala... avellana.

PATATÁN.—¡Ay! ¡Pobre...!

PATATÓN.—¡Ay! ¡Qué desgracia...!

TRAMPOLÍN.—*(Que cambia de tono, riendo.)*
¡Pero bueno!
¿Qué importa una avellana más o menos...? ¿Y qué nos importa a nosotros que nuestro gran director se «atasque» o se deje de «atascar»...?

PATATÍN.—*(Riendo también.)*
¿Y qué meme... meme... importa a mí «atascarme», si tete... tetengo los meme... meme... memejores amigos del mumu... mumundo?

MARRAMIAU.—¡Viva Patatín, nuestro flamante director...!

TODOS.—¡¡Viva!!

PATATÍN.—¡Y vivi... viviva... Trampopo... Trampopo... Trampopolín, el meme... memejor amigo del mumu... del mumumundo!

TODOS.—¡¡Viva!!

(Patatín se sitúa delante de la banda y, lleno de felicidad, comienza a dirigir el «play back»

de una alegre y desenfadada marcha. Al compás de la música, todos los personajes bajan al patio de butacas y recorren los pasillos mientras son coreados por los pequeños espectadores, fiesta con la que se llegará al...

Fin

Taller **de lectura**

Patatín, Patatán, Patatón

Seguro que éste es el primer libro de teatro que has leído.

Ahora vamos a recordar lo más importante:

1. Los personajes

Une cada personaje con su característica.

PATATÍN	Es un conejo.
PATATÁN	Es un zorro.
LEONCIO I	Es el rey.
ZORRÓN	Es un pato blanco.
TRAMPOLÍN	Es el pato que se atasca al hablar.

2. Las escenas

Esta obra de teatro se divide en cinco escenas. A continuación aparece desordenado lo que pasa en ellas. Escribe en el recuadro el número de cada una de las escenas.

- [2] Marramiau elige a los que van a formar la banda de música.
- [1] Patatín y Trampolín se hacen amigos.
- [4] Patatín le da su saquito de trigo a Trampolín.
- [3] Zorrón intenta quitar los saquitos de trigo a los patos.
- [5] Zorrón se tiene que ir del bosque y nombran director de orquesta a Patatín.

La escena que más te ha gustado es [5]

Índice

Series *de la colección* alta mar

Aventuras

Ciencia Ficción

Cuentos

Humor

Misterio

Novela Histórica

Novela Realista

Poesía

Teatro

Títulos publicados

1. *Carmen CONDE.* **Despertar** (P)
2. *Montserrat del AMO.* **El abrazo del Nilo** (A)
3. *Fernando ALMENA.* **Los pieles rojas no quieren hacer el indio** (C)
4. *Ángela C. IONESCU.* **«Déjame solo, Joe»** (C)
5. *Gianni PADOAN.* **Concierto de Libertad** (NH)
6. *Juan FARIAS.* **Los apuros de un dibujante de historietas** (H)
7. *Carlos MURCIANO.* **La rana mundana** (P)
8. *Juan MUÑOZ.* **Las tres piedras y otros cuentos** (C)
9. *Juana Aurora MAYORAL.* **La cueva de la Luna** (CF)
10. *Sauro MARIANELLI.* **Una historia en la Historia** (NH)
11. *Pilar MOLINA LLORENTE.* **Aura gris** (NH)
12. *Jean GUILLORÉ.* **El viaje de Nicolás** (A)
13. *Samuel BOLÍN.* **Los casos del comisario Antonino** (M)
14. *Ronimund H. VON BISSING.* **La Tierra del Oro Ardiente** (A)
15. *Elvira MENÉNDEZ.* **La máquina maravillosa** (CF)
16. *Jules ROMAINS.* **Knock o El triunfo de la medicina** (T)
17. *Fernando ALMENA.* **Marcelo Crecepelos** (H)
18. *Juan MUÑOZ.* **El feo, el bobo y el malo** (C)
19. *Blanca GARCÍA-VALDECASAS.* **Los chicos de La Maraña** (A)
20. *Gloria FUERTES.* **La poesía no es un cuento** (P)
21. *Juana AURORA MAYORAL.* **El Enigma en el Curi-Cancha** (NH)
22. *Alan C.McLEAN.* **El fantasma del valle** (A)
23. *Fernando G. TEJADA.* **Noche de luna con gatos** (T)
24. *Emilio SANJUÁN.* **Simón, Simón** (H)
25. *Jacques FUTRELLE.* **La Máquina Pensante** (M)
26. *José Luis VELASCO.* **El Océano Galáctico** (CF)
27. *Gabriel JANER MANILA.* **Cuentos para los que duermen con un ojo abierto** (C)
28. *Manfred LIMMROTH.* **El pequeño Otto ha desaparecido** (H)
29. *Hilda PERERA.* **Mumú** (A)
30. *Alfredo GÓMEZ CERDÁ.* **Luisón** (C)
31. *Christopher KNOCK.* **Edgar Wallace y el caso Software** (M)
32. *Antonio-Manuel FABREGAT.* **Los cuentos de mi escuela** (C)
33. *Fernando LALANA.* **Edelmiro II y el dragón Gutiérrez** (T)
34. *Avelino Hernández.* **1943** (NH)
35. *François GOUDET.* **Marieta y los vikingos** (M)

36. *Braulio LLAMERO.* **El inspector Tigrilli** (H)
37. *Miguel Ángel MENDO.* **Vacaciones en la cocina** (C)
38. *Ángela C.IONESCU.* **El país de las cosas perdidas** (C)
39. *Concha LÓPEZ NARVÁEZ.* **El tiempo y la promesa** (NH)
40. *Mathias DUNANT.* **El monstruo de Jarama** (CF)
41. *Fernando LALANA Y J.Mª. ALMÁRCEGUI.* **La bomba** (H)
42. *José Francisco VISO.* **Don Caracol Detective** (M)
43. *Fernando ALMENA.* **El cisne negro** (T)
44. *Hazel TOWNSON.* **Los embrollos de Beny** (H)
45. *Alfredo GÓMEZ CERDÁ.* **El laberinto de piedra** (A)
46. *Ángela C.IONESCU.* **Los amigos** (M)
47. *G. BEYERLEIN Y H. LORENZ.* **El sol no se detiene** (NH)
48. *Lucila MATAIX.* **El calcetín del revés** (C)
49. *Montserrat del AMO.* **¡Siempre toca!** (CF)
50. *F. ALMENA, M. del AMO, J. FARIAS, J.M. GISBERT, A. GÓMEZ CERDÁ, G. JANER MANILA, C. KURTZ, F. LALANA, C. LÓPEZ NARVÁEZ, J. A. MAYORAL, P. MOLINA LLORENTE, J. MUÑOZ , C. MURCIANO, J.L. OLAIZOLA Y M. PUNCEL.* **Compañero de sueños** (C)
51. *Enrique PÁEZ.* **Devuélveme el anillo, pelo cepillo** (M)
52. *José GONZÁZLEZ TORICES.* **Tengo mucho cuento** (C)
53. *Juana Aurora MAYORAL.* **Lirios de agua para una diosa** (NH)
54. *Esteban BUÑUEL.* **Quiero ser astronauta** (P)
55. *Raúl JIMÉNEZ.* **Aldurabahim** (A)
56. *Carlos MURCIANO.* **Las amapolas se han vuelto blancas de repente** (CF)
57. *Samuel BOLÍN.* **Nuevos casos del comisario Antonino** (M)
58. *Juan MUÑOZ.* **Ciprianus, gladiador romanus** (H)
59. *Achim BRÖGER.* **Mi 24 de diciembre** (H)
60. *Michel VINAVER.* **Las travesuras de Rosalía** (A)
61. *Fernando ALMENA.* **El pavo Facundo** (H)
62. *C. LÓPEZ NARÁEZ y C. SALMERÓN.* **El parasubidas** (A)
63. *Francisco DÍAZ GUERRA.* **El albabeto de las 221 puertas** (A)
64. *Eduardo GALÁN.* **La silla voladora** (T)
65. *Alfredo GÓMEZ CERDÁ.* **La gota de lluvia** (C)
66. *Elvira MENÉNDEZ.* **Ése no es mi zoo** (H)
67. *Manuel L. ALONSO.* **Los aventureros** (A)
68. *Baudilio LLAMERO.* **El rey simplón** (H)
69. *Fernando ALMEDA.* **El misterio idescifrable** (CF)
70. *M. Dolors ALIBÉS.* **Suprefantasmas en un supermencado** (H)
71. *Ana María ROMERO YEBRA.* **La vaca de Dosinda** (P)

72. *Carmen VÁZQUEZ VIGO.* **¡Cumplaños feliz!** (C)
73. *Mercè COMPANY.* **Los dientes del león** (A)
74. *Hansjörg MARTIN.* **No hay sitio para Tarzán** (H)
75. *Juana Aurora MAYORAL.* **Tres monedas de un penique** (M)
76. *Juan MUÑOZ.* **El diplodoco Carioco** (H)
77. *Consuelo ARMIJO.* **Guiñapo y Pelaplátanos** (T)
78. *Montserrat del AMO.* **Patio de corredor** (NR)
79. *Enrique PÁEZ.* **El Club del Camaleón** (M)
80. *Joan Manuel GISPERT.* **El enigma de la muchacha dormida** (A)
81. *Juan FARIAS.* **La infancia de Mrtín Piñeiro** (NR)
82. *Charles VILDRAC.* **Las gafas del león** (C)
83. *Javier REQUERO.* **El Principe negro** (A)
84. *Concha LÓPEZ NARVÁEZ.* **La tejedora de la muerte** (M)
85. *Christine NÖSTLINGER.* **Chachi** (A)
86. *Marta OSORIO.* **El pavo real** (C)
87. *José María MENDIOLA.* **El castillo de Lora** (M)
88. *Juan Ignacio HERRERA.* **En la cumbre de un tepuy** (A)
89. *Ángel ESTEBAN.* **Háblame del sol** (C)
90. *Carles CANO.* **¡Te pillé, Caperuzita!** (T)
91. *Rafael ESTRADA.* **El comisario Olegario** (M)
92. *Jean-François NORCY.* **Buldo** (A)
93. *Lucila MATAIX.* **Un gigate en el bolsillo** (C)
94. *Elvira MENÉNDEZ.* **MNA** (A)
95. *Eduardo GALÁN.* **¡SOS, salvad al ratoncito Pérez!** (C)
96. *Nina WAERNER.* **La luna en el agua** (A)
97. *Trinidad LEÓN.* **La estirpe del Cóndor Blanco** (A)
98. *Jacqueline CERVON.* **Selim, el vendedor de felicidad** (A)
99. *Seve CALLEJA.* **Dos hámsters en una jaula** (C)
100. *Montserrat del AMO.* **El bambú resiste la riada** (NR)
101. *Juan Alfonso GIL ALBORS.* **Patatín, Patatán, Patatón** (T)
102. *José Luis VELASCO.* **24 horas para un rescate** (M)
103. *José ZAFRA.* **Historias de Sergio** (C)
104. *Concha LÓPEZ NARVÁEZ.* **Nieve de julio** (C)

Títulos en preparación

Paul van LOON. **¡Manos arriba!** (M)
Emilio SANJUÁN. **Carlos Baza, Calabaza** (H)
Carmen MORALES. **Bigote blanco, bigote negro** (C)
Elvira MENÉNDEZ. **Olock-Lolo** (CF)